As mil e uma equações

EDIÇÃO REFORMULADA

As mil e uma equações
© Ernesto Rosa, 1992

Editor gerente	Fernando Paixão
Editora	Claudia Morales
Editora assistente	Shirley Gomes
Minialmanaque	Ernesto Rosa
Preparadora	Carla Moreira
Coordenadora de revisão	Ivany Picasso Batista
Revisoras	Eliza Hitomi Yamane
	Luciene Ruzzi Brocchi
Arte	
Projeto gráfico e editoração eletrônica	Homem de Melo & Troia Design
Editor	Marcello Araujo
Digramador	Eduardo Rodrigues
Bonecos em massinha	Patrícia Lima
Ilustrações do Minialmanaque	Marcelo Pacheco
Fotos dos bonecos	Thales Trigo

Agradecemos a Luiz Galdino e Nilson Joaquim da Silva pelas sugestões e apoio editorial.

CIP-BRASIL. CATALOGAÇÃO NA FONTE
SINDICATO NACIONAL DOS EDITORES DE LIVROS, RJ

R695m
10.ed.

Rosa Neto, Ernesto, 1937-
    As mil e uma equações / Ernesto Rosa ; ilustrações Marcelo Lelis. - 10.ed. - São Paulo : Ática, 2001.
    72p. : il. - (A descoberta da matemática)

    Contém suplemento de atividades
    ISBN 978-85-08-07691-8

    1. Equações - Literatura infantojuvenil. 2. Matemática - Literatura infantojuvenil. 3. Literatura infantojuvenil brasileira. I. Lelis, Marcelo. II. Título. III. Série.

11-4319.   CDD: 028.5
                                        CDU: 087.5

ISBN 978 85 08 07691-8 (aluno)
ISBN 978 85 08 07692-5 (professor)
Código da Obra CL: 731727
CAE: 224462

2022
10ª edição
21ª impressão
Impressão e acabamento: Forma Certa

Todos os direitos reservados pela Editora Ática
Avenida das Nações Unidas, 7221 – CEP 05425-902 – São Paulo, SP
Atendimento ao cliente: 4003-3061 – atendimento@atica.com.br
www.atica.com.br

IMPORTANTE: Ao comprar um livro, você remunera e reconhece o trabalho do autor e o de muitos outros profissionais envolvidos na produção editorial e na comercialização das obras: editores, revisores, diagramadores, ilustradores, gráficos, divulgadores, distribuidores, livreiros, entre outros. Ajude-nos a combater a cópia ilegal! Ela gera desemprego, prejudica a difusão da cultura e encarece os livros que você compra.

As mil e uma equações

Ernesto Rosa

Matemático e
pedagogo

Ilustrações
Marcelo Lelis

editora ática

As mil e uma equações
Ernesto Rosa
equações de 2º grau

Aventura decimal
Luzia Faraco Ramos
números decimais

Como encontrar a medida certa
Carlos Marcondes
perímetros, áreas e volumes

Em busca das coordenadas
Ernesto Rosa
gráficos

Encontros de primeiro grau
Luzia Faraco Ramos
equações de 1º grau

Frações sem mistérios
Luzia Faraco Ramos
frações: conceitos fundamentais
e operações

Geometria na Amazônia
Ernesto Rosa
construções geométricas

História de sinais
Luzia Faraco Ramos
conjunto dos números inteiros

Medir é comparar
Cláudio Xavier da Silva e
Fernando M. Louzada
construção de um sistema de medidas

O código polinômio
Luzia Faraco Ramos
polinômios

O que fazer primeiro?
Luzia Faraco Ramos
expressões numéricas

O segredo dos números
Luzia Faraco Ramos
sistemas de contagem
(em diversas bases/decimal)
e potenciação

Saída pelo triângulo
Ernesto Rosa
semelhança de triângulos

Uma proporção ecológica
Luzia Faraco Ramos
razão, regra de três e porcentagem

Uma raiz diferente
Luzia Faraco Ramos
raiz quadrada e raiz cúbica

Sumário

Omar ibn-Sinan

Khalil

1 Perdidos no deserto — 9

2 Um matemático das Arábias — 15

3 O emir corre perigo — 25

4 O grande vencedor — 39

Mustafa al-Malik

Núria

Najla Kamal Ahmed

5	Um convite inesperado	46
6	Cabra na cabeça	54
7	Por essa ninguém esperava	63
	Minialmanaque	65

Tarik

Século IX. Os muçulmanos haviam estendido sua influência por todo o Oriente Médio, Ásia Menor, Índia, norte da África e boa parte da Europa. Na Espanha, por exemplo, surgiram os famosos castelos encimados por minaretes e construções do porte do Alhambra, em Granada. Na literatura, os contos de **As mil e uma noites** espalharam-se pelo mundo afora; e cidades como Bagdá, Damasco e Cairo tornaram-se famosas pelas maravilhas, em adornos e vestuários, que lá eram encontradas.

1

Perdidos no deserto

— Puxa, Kamal, quando é que nós vamos parar para descansar? — perguntou Ahmed para o amigo.

Eles e Najla, amiga de infância dos dois rapazes, faziam parte de uma caravana de comerciantes que levavam seus produtos para serem vendidos na grande feira que se realizava na cidade. Os três jovens viviam numa pequena aldeia onde confeccionavam tecidos. Para chegar à feira tinham de atravessar o grande deserto, uma jornada cansativa e cheia de perigos, principalmente para uma caravana de comerciantes.

— Calma, Ahmed — respondeu Kamal. — As sombras começam a cobrir as dunas de areia e um vento gelado sopra do noroeste. Isso é sinal de que a noite se aproxima. Logo teremos de erguer acampamento.

Realmente, alguns minutos mais tarde foi dado o sinal de parada e os três jovens trataram de armar uma tenda para se protegerem do frio do deserto. Fogueiras foram acesas e as refeições, feitas rapidamente. Estavam todos exaustos e o que mais queriam era descansar para poderem enfrentar a árdua jornada do dia seguinte.

Enquanto Najla e Ahmed se acomodavam na tenda, Kamal saiu para verificar os animais. Precisava providenciar para que não fugissem e não ficassem expostos a uma possível tempestade de areia. O céu explodia em brilhos e constelações. O frio, no entanto, levou-o de volta para o interior do abrigo, onde Najla e Ahmed já dormiam um sono profundo.

Exausto, Kamal também logo adormeceu e se pôs a sonhar que ouvia vozes e gargalhadas, que alguém tentava tirar-lhes os camelos e os preciosos fardos de tecidos. De olhos abertos ainda resistiu a acreditar no que estava ouvindo: devia ser efeito do sol enfrentado durante o dia. Não precisou de muito tempo, porém, para entender o que se passava quando ouviu o primeiro tiro, seguido de outros e mais outros.

— Ahmed, Najla, acordem, vamos! O acampamento está sendo assaltado — disse Kamal, assustado.

— Assalto? M-mas... como? — balbuciou Najla, ainda tonta de sono.

— O que faremos? — indagou Ahmed, apavorado.

— O mais prudente é não fazermos nada — respondeu Kamal.

Pelos gritos de desespero que ecoavam pelo deserto dava para imaginar que aqueles bandidos sanguinários não estavam poupando ninguém.

Não demorou muito para a entrada da tenda ser aberta num safanão. Quatro homens surgiram de arma em punho, três deles nada apresentavam de incomum. O quarto, entretanto, não deixava dúvidas. As roupas de tecido finíssimo, o turbante com o véu negro e a adaga em forma de meia-lua dependurada no cinto largo identificavam o chefe.

— Ora, vejam só o que temos aqui... — falou com um sorriso sombrio enquanto aproximava a adaga, agora em sua mão, de forma ameaçadora contra o pescoço de Kamal.

O rapaz manteve o sangue-frio e não esboçou a menor reação.

— Que faremos com eles? — perguntou um dos homens em tom grosseiro. — Cortamos suas gargantas ou deixamos que as aves façam seu banquete? Essa garota deve ter uma carne deliciosa!

— Mortos, eles não nos servem de nada, seu estúpido! — rosnou o chefe. — Estes ao menos são jovens e fortes. Devem render algumas moedas no mercado de escravos.

Kamal, Ahmed e Najla foram então amarrados fortemente e deixados sozinhos na tenda. Ainda era noite e os ladrões haviam decidido pernoitar por ali mesmo.

— O que vamos fazer, Kamal? — perguntou Najla, desesperada.

— Eu é que não quero servir de escravo para ninguém — acrescentou Ahmed, com voz trêmula só de pensar na ideia.

— Calma, amigos, não podemos perder a esperança! Ainda bem que esses danados se esqueceram de nos revistar. — Enquanto falava, Kamal se contorcia todo tentando pegar algo em sua bota. — Não consigo... Ahmed, veja se dá para pegar a faca que está escondida na minha bota.

Apesar das mãos amarradas, Ahmed conseguiu alcançá-la e tratou logo de cortar as cordas que os prendiam. Aproveitando que os ladrões estavam todos adormecidos, inclusive os vigias, os três jovens conseguiram montar em seus camelos e escapar na noite fria do deserto. Mas, à medida que os primeiros clarões de luz iluminavam a monótona paisagem de areia, eles começaram a perceber o que teriam pela frente.

Fazia já algumas horas que estavam fugindo e o sol, agora uma enorme bola rubra, brilhava implacável sobre as dunas de areias escaldantes. Cavalgando seus camelos, o grupo de fugitivos mostrava sinais evidentes das feridas provocadas pelo sol causticante e sobretudo pela areia, transformada em açoite pelo vento.

— Água... água... — murmuravam, ora um, ora outro.

— Será que vamos conseguir? — indagou Najla, após um breve silêncio.

— Se ao menos tivéssemos água, poderíamos resistir por mais tempo — considerou Ahmed, sem tirar os olhos do horizonte.

Após observar o desânimo dos companheiros, Kamal dirigiu-se para a jovem, com toda a convicção:

— Não se preocupe, Najla. Estes camelos nos levarão, sãos e salvos, até algum poço!

— Os animais mal se aguentam sobre as pernas — devolveu Ahmed. — Oxalá consigam chegar a algum poço... E oxalá ainda estejamos vivos.

— Força, homem! Alá é nosso deus e Maomé o seu profeta! Eles não permitirão que nossos corpos sejam devorados pelos abutres! — repreendeu Kamal. — Como podem pensar em salvação se entregam os pontos antes da hora?

Diante da censura, Ahmed calou-se. Convenceu-se, quem sabe, de que em nada ajudaria com seus lamentos. Precisavam apegar-se à vida, ou ao que restava dela, e os animais fariam o resto. Tinha razão o amigo Kamal. Se existisse água nas proximidades, os animais a descobririam.

Najla tirou a tampa do cantil de couro que trazia preso ao pescoço e virou-o na tentativa vã de aproveitar a última gota. O resultado, porém, foi exatamente o esperado pelos amigos. A água havia se esgotado até o derradeiro pingo.

O sol ainda se demoraria a apagar no horizonte. E a sensação dominante era a de que, em vez de baixar, a temperatura subia, conforme se aproximavam do final da tarde. E diante dos olhos a paisagem não mudava: um verdadeiro mundo de areia. Atrás das dunas surgiam novas dunas, como se todo o planeta não fosse feito de outro material senão de areia aquecida por um sol inclemente.

De repente, Ahmed saltou da montaria e correu em direção à linha formada pelas bases de duas dunas. Os olhos esbugalhados, o rosto transformado, ele gritava como um doido:

— Água! Água!

Antes que Kamal pudesse fazer algo, também Najla deixou-se escorregar pelo dorso do animal, confirmando a visão do companheiro:

— É água, Kamal! Estamos salvos!

Impassível no seu camelo, o jovem observava os amigos, que atiravam a areia quente contra o próprio rosto, como se ela constituísse de fato a água límpida prometida pelos oásis de frutas inigualáveis. Pensando na segurança, preocupou-se, antes, em dominar os animais abandonados pelos companheiros. Se escapulissem, aí, sim, estariam perdidos.

No exato momento em que Kamal conseguia tomar as rédeas dos animais, Ahmed recobrava-se de seu sonho louco:

— Kamal, a água... Você viu! Onde foi parar a água?

Najla olhava embasbacada para o chão quente do deserto, como se a água houvesse desaparecido num passe de mágica. Com o rosto marcado de suor e areia, balbuciou:

— A água... A água sumiu.

Quando se acalmaram, Kamal explicou:

— O que vocês viram foi apenas uma miragem. Não há nenhuma água neste lugar. Não há nada além de areia.

Tomados pela frustração, montaram novamente e se calaram, desapontados. Kamal, que precisou ajudar Najla a subir em seu camelo, tentou confortar:

— Não percam a fé; em algum lugar, aqui perto, existe um poço. E os camelos nos levarão até lá.

Apesar de toda a expectativa, a água não apareceu até o final da tarde. Desanimados, nem mais conversavam entre si. Najla, já sem forças, deixou-se cair, estatelada, com o rosto na areia. Kamal e Ahmed ainda tentaram ajudá-la a se levantar, mas também foram vencidos pelos corpos enfraquecidos e se deixaram ficar estendidos ao lado de Najla.

2
Um matemático das Arábias

— Deem água aos três, depressa!

Lentamente, os jovens foram abrindo os olhos, ao sentirem o precioso líquido escorrendo por suas gargantas secas. Um velho os fitava com olhar preocupado. Ao ver que estavam todos bem, um sorriso bondoso iluminou o seu rosto:

— Bem, parece que vocês estavam numa pequena enrascada. Mas não se preocupem mais. Eu me chamo Omar ibn-Sinan e faço parte da caravana do emir Mustafa al-Malik. Depois que se alimentarem, eu os levarei até a presença dele.

Após comerem frutas frescas e um queijo saboroso, refeição que lhes pareceu a mais gostosa que já haviam feito em suas vidas, Kamal, Ahmed e Najla foram encaminhados ao emir. Quando entraram na luxuosa tenda, mal conseguiram esconder seu assombro. Com seu traje bordado de pérolas e rubis, as joias à mostra, a figura de Mustafa al-Malik realmente impressionava.

Respeitosos, fizeram uma reverência e esperaram que o emir lhes dirigisse a palavra.

— Então vocês são os jovens que quase serviram de alimento às aves de rapina? — disse, com um sorriso no rosto, e continuou, interessado: — Mas, me digam, o que três jovens estavam fazendo sozinhos no deserto?

Kamal, o mais desenvolto, respondeu:

— Senhor, não conhecemos nossos pais. Fomos educados desde crianças por um comerciante de tecidos que nos ensinou seu ofício. Há poucos anos ele faleceu nos deixando os seus negócios. Estávamos levando tecidos para a feira quando fomos atacados por ladrões. Conseguimos escapar, mas perdemos tudo o que tínhamos.

Compadecido com a situação dos jovens, o emir determinou:

— Vocês são meus convidados e nessa condição permanecerão até que decidam se voltam para sua cidade ou se querem iniciar vida nova em outro lugar.

Os jovens agradeceram a generosidade do emir e resolveram acompanhar a caravana a fim de evitar novos encontros indesejáveis. Aliás, era uma caravana que impunha respeito não só pela fama do emir, como também pelo grande número de homens armados. Sentiram-se mais seguros ainda quando descobriram que, junto, viajava a própria filha do emir, a princesa Núria, e seu pretendente, Khalil, príncipe de um emirado vizinho.

Os três logo se sentiram à vontade entre a gente do emir e não tardou muito para que descobrissem que Omar ibn-Sinan, o velhinho simpático que os havia encontrado no deserto, era na verdade um matemático de grande reputação, que se divertia inventando quebra-cabeças para os viajantes resolverem. No comércio de tecido os três aprenderam muita matemática, que se juntou com o que viram na escola. Quebra-cabeças eram do que mais gostavam.

Na primeira vez, o matemático apresentou 3 potes com os nomes das frutas que eles continham: figos, tâmaras e uvas.

E propôs a questão:
— Todos os rótulos estão trocados. Como poderemos acertá-los, abrindo apenas um pote?

A questão aparentemente fácil mostrou-se difícil na hora da solução, pois mesmo trocando ideias entre si os três amigos não conseguiram encontrar a resposta. Durante algumas horas o assunto foi esquecido devido a uma tempestade de areia; quando ela amainou, voltaram novamente ao problema e chegaram a uma resposta. Na verdade, foi Najla quem chegou à descoberta.

O matemático ficou surpreso:
— Está segura de que tem a resposta correta?
— Estou! — afirmou a garota, convicta.
— Explique-nos, então, como chegou à conclusão.
Najla não titubeou:
— Se abrirmos o pote de figos, por exemplo, e descobrirmos que nele há uvas, saberemos que no pote de tâmaras há figos.
— Mas por quê?
— Como você disse que *todos* os rótulos estão trocados, então no pote de tâmaras não há tâmaras, e como as uvas estão no primeiro pote concluímos que os figos estão no pote de tâmaras,

que por sua vez estão no terceiro pote. Ou seja, qualquer pote que abrirmos nos dará a solução, pois sabemos que será preciso trocar os rótulos dos outros potes também.

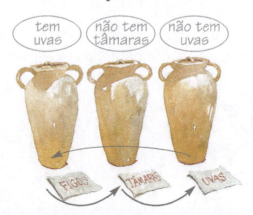

A jovem Najla foi muito aplaudida pelos componentes do grupo e ainda recebeu um presente, pois o emir fazia questão de prestigiar o conhecimento e as conquistas culturais.

A caravana seguia sem pressa na sua rota de paz. Na companhia daquela gente boa, até o clima se mostrava mais ameno. E a viagem foi coroada ao atingirem o oásis de al-Kafir, algo realmente inacreditável. No meio daqueles montes e dunas de areia sem fim, de repente a vista topava com o que mais se parecia com uma pintura. Uma fonte de águas cristalinas formava um pequeno lago de águas límpidas e transparentes, cercado por palmeiras, tamareiras e uma belíssima vegetação que proporcionava sombra e descanso.

Após saciar a sede, o grupo havia se reunido debaixo de uma palmeira, quando então se aproximou o matemático. Aparentemente vinha com um propósito definido. Seus olhinhos vivos não enganavam.

— Olá, meus jovens. Vejam esta moeda. Prestem bem atenção.

E, dizendo isso, mostrou uma moeda com aparência muito antiga:

— Esta moeda foi adquirida na banca de um antiquário. No entanto, é falsa. Eu queria que vocês me dissessem por quê.

A moeda passou de mão em mão. Qualquer leigo a tomaria por uma moeda antiga de ouro. Na superfície vinham gravados, além de algumas palavras semiapagadas, o busto de um imperador romano e a data 30 a.C.

Novamente Najla antecipou-se aos demais:

— Há uma contradição nos dizeres da moeda...

E, como ninguém a interrompesse, prosseguiu:

— Uma moeda cunhada no ano 30 a.C., que significa 30 anos antes de Cristo, não poderia conter tal inscrição. Naquela época, ninguém saberia dizer quando seria o nascimento de Cristo.

— É... Esta foi muito fácil — sorriu ibn-Sinan. — Para compensar, vou propor outra questão.

Depois de uma pausa, como se procurasse por algo no fundo da memória, propôs:

— Atenção — pediu ele e passou à questão: — Um pote cheio de azeite pesa 5 quilos. Com azeite pela metade pesa 2,750 quilos. Quanto pesa o pote vazio?

Enquanto discutiam, a caravana retomava a marcha pelo deserto. Fizeram ainda mais uma parada numa mina de sal, que desviou a atenção de Najla, Kamal e Ahmed por alguns instantes. Mas logo em seguida eles voltaram a se ocupar com o problema proposto por ibn-Sinan. E, de repente, o que parecia difícil ficou fácil.

Desta vez foi Kamal quem percebeu a sutileza da questão:

— É simples, gente!

— Se é simples, vamos lá! — desafiou Ahmed.

E o outro passou à explicação:

— Quando retiramos a metade do azeite, o peso caiu para 2,750 quilos, certo? Ou seja, a metade do azeite pesa 5 menos 2,750, que é igual a 2,250 quilos, e, como o total tem duas metades, o azeite todo pesa duas vezes 2,250, que é 4,500 quilos. Para sabermos o peso do pote vazio, é só retirarmos essa quantidade, 4,5, de 5 quilos.

— Que vai dar 0,5 quilo — respondeu Najla. E Kamal confirmou:

— Exatamente! 2,250 + 2,250 + 0,5 = 5.

Conforme os dias iam passando, o grupo composto pelos três jovens se entrosava cada vez mais com os componentes da caravana. E, pelo fato de participarem ativamente das respostas às questões de Omar ibn-Sinan, adquiriram uma popularidade incomum para o pouco tempo de convívio.

A caravana viajava bem provisionada de água e alimentos, e o emir, apesar de sua posição, era uma pessoa afável e bondosa, a quem os súditos devotavam grande estima e admiração. Kamal pensava a propósito da convivência interessante que experimentavam com aquela gente, quando lhe surgiu à frente o matemático. Desta vez ele trazia um desenho, como se fossem 4 retângulos justapostos. E perguntou:

— Quantos retângulos vocês conseguem ver nesta figura?

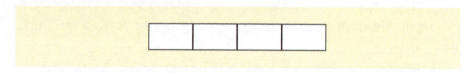

A solução não foi difícil. Enquanto os três amigos observavam a figura, alguém respondeu:

— São 10 retângulos!

Najla virou-se para ver quem tinha respondido e reconheceu Khalil, o pretendente à mão da princesa Núria, que explicava:

— Para começar, há os 4 retângulos pequenos. Também temos o grande formado pelos 4 pequenos, e os retângulos que valem 2 pequenos e ainda os que valem 3. Assim, temos...

Khalil desenhava na areia, enquanto explicava.

— Quatro pequenos.

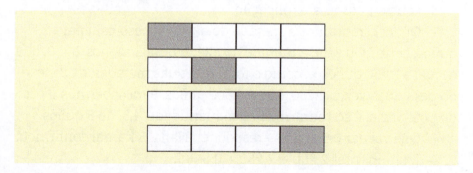

— Três duplos.

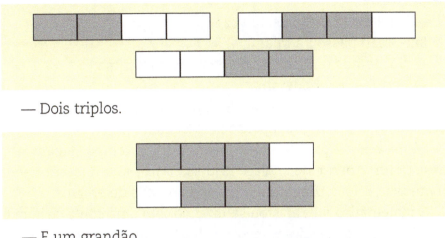

— Dois triplos.

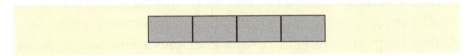

— E um grandão.

— O total é 4 + 3 + 2 + 1, que é 10.

Apesar de admirada com a rapidez da resposta, Najla não conseguia esconder um certo desconforto. Algo em Khalil não a agradava. Ela só esperava estar errada.

Kamal estava pensando em outra questão. Se, com 4 retângulos pequenos, formamos 4 + 3 + 2 + 1 retângulos de diversos tamanhos, será que com 5 retângulos pequenos teríamos 5 + 4 + 3 + 2 + 1?

Frustrado diante da facilidade com que o príncipe resolvera a questão, o matemático retirou de sob suas vestimentas algumas moedas, que colocou no chão formando um triângulo:

Os mais próximos observaram a disposição das moedas e quiseram saber:

— Qual é a questão desta vez?

Ibn-Sinan passou a falar:

— Nós temos um triângulo apontado para cima.

— Certo — responderam.

— Quero ver quem é capaz de, movendo apenas 3 moedas, fazer com que o triângulo aponte para baixo.

Desta vez, os participantes levaram mais tempo. Alguns até desistiram. Apesar de trocarem ideias entre si e das inúmeras tentativas, não conseguiram chegar à solução do enigma.

O matemático riu e afastou-se, dizendo com uma ponta de ironia:

— Se não conseguirem resolver, podem me chamar.

Mas a viagem continuava enquanto tratavam de resolver os desafios propostos por ibn-Sinan até que chegaram a outro oásis. A água límpida, emergindo daquele terreno arenoso, cercada de tamareiras e amendoeiras, lembrava a descrição do paraíso.

Saciados de água e de frutas, Kamal e Najla tornaram à questão, enquanto Ahmed, mais preguiçoso, preferiu tirar um cochilo. As palavras do matemático martelavam em suas cabeças, como um desafio.

— É uma questão de honra! Vou resolver esta questão! — desabafou o rapaz.

— Desculpa, Kamal, mas acho que descobri o caminho — devolveu Najla. — Deve ter sido a inspiração do oásis.

— Então, qual é a resposta?

E ela mostrou:

— A moeda de cima passa para baixo... E as duas laterais de baixo sobem.

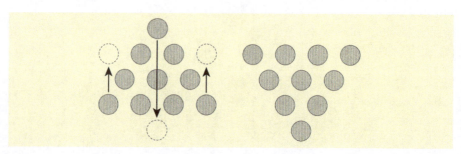

— Puxa! Estava na cara! — exclamou Ahmed, já acordado.

— Agora está! — ironizou Kamal.

Quando chamado, o matemático, que esperava por um pedido de ajuda, encontrou a questão resolvida. E só lhe restou elogiar o grupo:

— Vocês são muito bons nesse tipo de jogo. Sem dúvida a prática de comerciar os está ajudando. Estou pensando em propor um desafio maior. O que acham?

— Manda o maior que tiver — retrucaram.

Ibn-Sinan os observou por um instante e em seguida falou:

— É simples. Um beduíno levou suas cabras à feira para vender. Todo o lote custaria 180 moedas. No entanto, 2 cabras morreram durante a viagem. Para não ter prejuízo, ele vendeu as cabras restantes por 3 moedas a mais cada uma. Quantas eram as cabras?

Ahmed não conseguiu sequer fixar os dados do problema. E perguntou, incrédulo:

— Ibn-Sinan... Esse problema tem solução?

— Quer que eu mostre?

— Não! — opuseram-se Kamal e Najla. — Queremos resolvê-lo sozinhos!

— Ah, essa eu quero ver! — zombou Ahmed.

— Gostei da persistência de vocês! — elogiou o mestre e completou: — Não precisam ter pressa. Pensem com calma.

Vários dias se passaram e os dois estiveram a ponto de desistir, mas não queriam dar aquele gostinho ao matemático. E fizeram bem, pois, certo dia, Kamal correu a abraçar a amiga, gritando como um doido:

— Eu consegui! Eu consegui!

Não aguentando de curiosidade, Najla pediu ao amigo que dissesse logo qual era a resposta.

— Eram 12 cabras, a 15 moedas, totalizando 180 moedas, que são 12 vezes 15. Morreram 2, ficando 10 cabras, vendidas por 18 moedas, que dá o mesmo resultado sem prejuízo...

— É... Confere... — concordou a garota. — Mas como você chegou à solução?

— Por tentativa! Tentei vários números, até dar certo com o 12.

— Ah, assim não vale!

— Por que não? Eu não encontrei a resposta? — tornou Kamal.

— A questão é que, assim, teremos de fazer sempre por tentativas. Não seria melhor se tivéssemos uma só maneira que nos ajudasse a resolver problemas parecidos?

O amigo não gostou muito, mas concordou com o argumento da jovem e resolveram prosseguir na investigação.

3

O emir corre perigo

No dia seguinte, a caravana chegou finalmente ao seu destino. O emir recebeu os três amigos no palácio, recomendando:

— Vocês são meus hóspedes até quando desejarem. Não tenham pressa de seguir viagem.

Depois de tanto desgaste, os jovens não resistiriam àquele convite por nada desse mundo. Resolveram então que ficariam mais alguns dias, talvez uma semana. E, assim, saíram para conhecer a cidade. Andaram por vielas estreitas onde se vendia de tudo. Conheceram oficinas de requintados joalheiros e artesãos e entraram, por fim, no prédio mais famoso da cidade: o mercado.

Difícil decidir por onde começar. Escolheram uma viela colorida onde se reuniam os tapeceiros e foram seguindo por meandros sem fim. Ao imaginar que seguiam em direção à saída, viram-se no interior de uma imensa loja repleta de tecidos variados. O local proporcionava uma visão deslumbrante e rica. Contudo não havia ninguém à vista.

— E agora? Só vejo corredores... — comentou Najla.

— Isto aqui é um verdadeiro labirinto!

— Esperem — pediu Ahmed. — Tenho a impressão de que ouvi vozes.

Fizeram silêncio e perceberam que o amigo tinha razão. Pelo menos duas pessoas discutiam na sala ao lado, cuja passagem se apresentava disfarçada por um belíssimo tapete. Antes que avançassem, porém, ouviram melhor o que estavam falando e não conseguiram se mexer.

— Agora é apenas uma questão de tempo. Já ganhei a confiança do emir e tão logo me case com a princesa terei livre trânsito pelo palácio.

Os três jovens se entreolharam espantados, pois aquela voz não lhes era estranha. Antes que tivessem tempo de comentar algo, uma outra voz se fez ouvir:

— E qual vai ser o seu plano?

— Simples! — respondeu a primeira voz. — Uma vez lá dentro, vai ser muito fácil ter acesso aos aposentos do emir. Você sabe, com o calor que temos por aqui sempre se tem necessidade de água. E a água é ótima para diluir certos líquidos que garantem um sono profundo e eterno. Assim, quando o emir for saciar a sede... — completou com uma gargalhada sinistra que arrepiou Ahmed, Kamal e Najla, pois acabavam de reconhecer na voz que arquitetava a morte do emir a figura do príncipe Khalil!

— Gostei! Tudo muito simples, rápido e sem vestígios. E o mais importante, casado com a princesa, você naturalmente assumirá a posição do emir — acrescentou uma outra voz que até então não se manifestara.

Depois de um breve silêncio, os três perceberam que o príncipe e seus acompanhantes se aproximavam de onde eles estavam. Imediatamente os jovens se atiraram debaixo de um monte de tecidos jogados no chão e esperaram quietos, com os corações batendo acelerado, que as vozes se afastassem dali.

— Que situação! O que faremos? — choramingou Najla, depois de se certificar de que estavam sozinhos.

Se ficassem ali, acabariam sendo descobertos. Se saíssem, poderiam dar de cara com os conspiradores. E nada convidava a passar a noite no interior do mercado. Resolveram por fim aguardar algum tempo e reconhecer melhor o lugar. Então tentariam sair com segurança.

Felizmente tudo deu certo e conseguiram escapar sem serem vistos por ninguém. Agora começava o problema mais sério. Falar com o emir consistia num privilégio que não se concedia a todo instante. E, quando tivessem de revelar a trama, correriam um sério risco: em quem ele confiaria? No príncipe, que não lhe dera motivo algum para repreensão, ou naqueles três estranhos que havia encontrado no deserto?

— Ele é bem capaz de nos colocar para escaldar num tacho de água fervente! — tremeu Ahmed, o mais apavorado.

Quando já não sabiam como agir, o acaso veio em sua ajuda. Estavam se aproximando do palácio no exato momento em que uma luxuosa comitiva se fazia anunciar: era o enviado de um reino vizinho que vinha pedir audiência ao emir Mustafa al-Malik.

Mais tarde, em conversa com ibn-Sinan, descobriram o motivo da visita:

— Ele veio pedir a mão da princesa em casamento para o príncipe Tarik. O emir e o pai de Tarik são velhos aliados — esclareceu o matemático e continuou: — Diante do impasse, já que temos um outro pretendente, o príncipe Khalil, que vocês já conhecem, haverá uma disputa que demonstre a capacidade física e intelectual dos candidatos. Desta forma, o emir mostra sua isenção: o mais capaz ganhará a mão da princesa.

Depois que o matemático se retirou, Kamal comentou em voz alta o que estava pensando:

— Tomara que esse príncipe Tarik ganhe a competição, senão...

Não chegou a completar a frase, mas um calafrio percorreu as espinhas dos três jovens com a perspectiva do que iria acontecer se o príncipe Khalil fosse o vencedor.

A disputa começou no prazo mais breve possível. Primeiro foram realizadas as provas de força e habilidade física, compostas de variadas modalidades. Ao término dessas provas, os dois príncipes estavam praticamente empatados.

A competição monopolizava a cidade, que se dividia em relação às suas preferências. Depois de alguns dias de descanso, tiveram início, no grande salão do palácio, as provas de inteligência, que, esperava-se, contribuiriam para a definição de um pretendente ou de outro.

Tarik e Khalil encontravam-se praticamente empatados quando o emir apresentou a penúltima lista de problemas a serem resolvidos. Estava claro que ali havia a mão e a cabeça do matemático ibn-Sinan.

A lista continha 5 problemas:

1) Três homens precisam atravessar um rio. O barco só pode levar 150 quilos de cada vez. Os homens pesam 50, 75 e 120 quilos. Como atravessar os três homens sem afundar o barco?

2) Colocar 10 camelos em 5 filas com 4 camelos em cada fila.

3) Traçar 4 linhas retas, sem tirar o lápis do desenho e cortando uma vez cada círculo.

○ ○ ○
○ ○ ○
○ ○ ○

4) 2, 10, 12, 16, 17, 18, 19. Qual o próximo número?

5) No meu rebanho, são todos camelos menos dois. São todos cabras menos dois. São todos cavalos menos dois. Quantos animais eu tenho?

Toda a cidade praticamente participava do torneio, alguns querendo demonstrar que, se dependesse de inteligência, poderiam se candidatar à mão da princesa. E os três amigos igualmente. Tinham até esperança de resolver algum problema. No entanto, isso de nada adiantaria. Se tentassem ajudar o príncipe Tarik, isso constituiria fraude.

Erros, dúvidas e acertos alternavam-se durante o desenrolar da disputa, enquanto o povo, reunido do lado de fora do palácio, torcia por um ou por outro.

Depois de muita tensão, ambos apresentaram as soluções. O matemático promoveu um instante de suspense e então passou o resultado ao emir: os dois príncipes tinham acertado todos os problemas!

Os convidados reunidos no salão aplaudiram a disposição dos concorrentes e mais ainda quando ibn-Sinan passou a mostrar as respostas, com um certo ar de enfado, como se não tivessem feito mais que o óbvio:

— No primeiro problema, vão os dois mais leves. Volta um deles. Vai o homem de 120 quilos. Volta o outro e busca o último.

Depois de uma pausa, o matemático apresentou um pedaço de pergaminho com a resposta desenhada para o segundo problema:

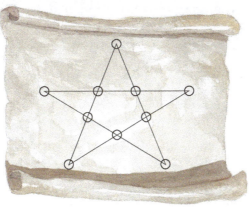

Para o terceiro problema, ibn-Sinan começou a traçar linhas retas nos círculos desenhados, sem tirar o lápis do lugar, para grande assombro da plateia, que não imaginava ser a solução assim tão simples, embora engenhosa:

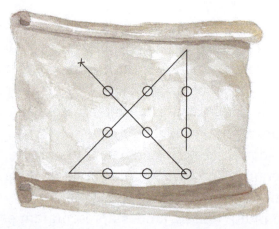

— Em relação ao quarto problema, a única coisa constante não está nos números, mas nos seus nomes — esclareceu o matemático. — Todos começavam pela letra *d*. Dois, dez, doze... O próximo número teria de ser, então, duzentos!

Nessa altura, todos aguardavam ansiosos a resposta para o quinto problema. Principalmente Ahmed, que estava doido com aquela coisa de todos são camelos menos dois, todos são cabras menos dois e todos são cavalos menos dois.

— Quantos animais eu tenho? Quantos animais eu tenho? — repetia ibn-Sinan, feliz da vida. E em seguida respondeu: — Tenho três animais! Um camelo, uma cabra e um cavalo. Desse modo, todos são camelos menos dois; todos são cabras menos dois; e todos são cavalos menos dois.

Para não deixar dúvidas quanto à lisura da disputa, o emir decidiu realizar a última série de problemas em praça pública. Um grupo especial de soldados estava incumbido de garantir a tranquilidade da competição e também de evitar qualquer ajuda externa aos candidatos.

À noite, porém, Najla e os dois amigos retornaram ao mercado, apesar do receio visível nos três rostos. Dirigiram-se novamente para a sala onde tinham ouvido a conversa do príncipe Khalil com seus comparsas. Tiveram sorte. Lá estava ele novamente arquitetando o seu plano, e assim ficaram a par das novidades. O ladino pretendente contratara matemáticos para resolverem os problemas. Em seguida, essas respostas seriam passadas por um dos guardas mais próximos, que fora devidamente subornado.

Reunidos em seus alojamentos, sem saber o que fazer e temendo que o príncipe desonesto saísse vencedor, os três companheiros tentavam encontrar uma saída, mas estava difícil. Até que Ahmed desencabulou e saiu com uma boa solução:

— Eu estive pensando... Falar com o emir, nem pensar! É capaz de nos mandar degolar. Mas há alguém que poderia servir como intermediário.

Kamal e Najla entreolharam-se com um ar de interrogação. Não atinavam quem poderia ser essa pessoa. E tinham quase certeza de que o amigo sairia com alguma bobagem.

— E então? Não querem saber quem é? — tornou Ahmed.

— Se você sabe de algo que pode nos ajudar, diga logo! Não temos tempo a perder — apressou Najla.

Diante da inquisição da garota, ele cedeu:

— Omar ibn-Sinan.

— É isso mesmo — apoiou Kamal. — Ele irá acreditar em nós.

— Então, o que estamos esperando? — disse Najla.

— Vamos já falar com ele.

Avisado do que ocorria, o matemático considerou:

— Como árbitro, eu não poderia ajudar nem prejudicar nenhum dos dois. Também não temos prova alguma do que Khalil está pretendendo fazer. É a palavra dele contra a de vocês... Entretanto vou avisar o emir sobre o que está acontecendo. Tenho certeza de que ele dará um jeito.

Nessa expectativa, os jovens assistiram ao desenrolar do pergaminho, contendo a última lista de questões:

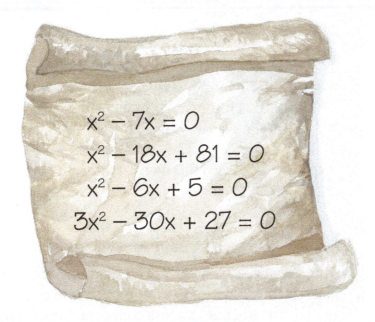

$$x^2 - 7x = 0$$
$$x^2 - 18x + 81 = 0$$
$$x^2 - 6x + 5 = 0$$
$$3x^2 - 30x + 27 = 0$$

Os populares só faziam balançar a cabeça, em sinal de negação. Ninguém conseguia imaginar como seria a solução de tais questões. Os dois adversários, porém, se entregaram imediatamente à tarefa de chegar aos resultados corretos.

Sem condições de ajudar de outra forma, os amigos resolveram voltar aos seus aposentos e tentar ao menos resolver as questões propostas. Era uma maneira de esquecer o que se passava.

— O primeiro parece mais fácil de resolver — opinou Najla. — Vou tentar pôr o x em evidência.

$$x^2 - 7x = 0 \longrightarrow x(x-7) = 0$$

— E daí? Como vamos achar o valor de x? — quis saber Ahmed. — x vezes (x − 7) é igual a zero.

Kamal, contudo, ponderou:

— Quando multiplicamos dois números, nunca dá zero! Por exemplo, 5 vezes 3 é 15. Não pode ser zero.

Se cada uma das parcelas de uma expressão algébrica apresentar um fator comum, podemos colocá-lo em evidência:

Chamamos isso de fatoração de uma expressão algébrica.

Para que um produto a · b seja zero, é necessário que pelo menos um dos fatores seja zero:

Se a · b = 0 então a = 0 ou b = 0

Najla contrapôs:
— Cinco vezes zero é zero!
— É mesmo! — concordou Kamal. — Qualquer número vezes zero dá zero.

E aí interveio Ahmed, para surpresa de Kamal e Najla, que sabiam de sua preguiça em fazer contas:
— Desconfio que descobri a charada... x é zero. Vejam:

$$0(0 - 7) = 0$$

Foi então que percebeu o olhar de espanto dos outros dois amigos:
— Ah! — disse com um sorriso. — Depois de tanto ouvir a conversa de vocês com o ibn-Sinan e agora com essa disputa eu também fiquei contaminado pela febre dos números.
— É isso mesmo, Ahmed — incentivou Kamal.
— Vamos substituir no primeiro termo da equação? — propôs Najla, e escreveu:

$$x^2 - 7x = 0$$

— Trocando o x por zero, teremos:

$$0^2 - 7 \cdot 0$$

Os valores encontrados na resolução de uma equação, isto é, os números que tornam a igualdade verdadeira, são denominados raízes da equação.

— Ou seja:

$$0 - 0 = 0$$

Com a solução diante dos olhos, Kamal propôs:
— Vamos até a praça, ver se os candidatos resolveram a questão.
— Espere — pediu Najla. — Mas (x – 7) também pode ser zero.

— Como assim? — perguntou Kamal, sem entender direito.

— Qualquer um dos dois fatores pode ser zero! — explicou Najla.

Ahmed concordou:

— Najla tem razão: $x - 7 = 0$ dá o mesmo que $x = 7$.

— Então o x pode ser zero ou 7? — perguntou Kamal.

Najla propôs que fizessem a substituição:

$$x^2 - 7x$$

— Substituindo-se o x por 7, temos:

$$7^2 - 7 \cdot 7 = 49 - 49 = 0$$

— Deu certo! Portanto, existem dois valores para o x — concluiu Kamal. — Agora podemos ir à praça.

Na praça pública, havia um verdadeiro alvoroço em torno do palanque montado para a disputa.

— Como é que está? — perguntaram a um popular.

— Os dois acertaram o primeiro problema. O x pode ser 0 ou 7.

Os três voltaram correndo aos seus aposentos no palácio para tentar resolver a segunda questão:

$$x^2 - 18x + 81 = 0$$

Kamal comandou:

— Ponha o x em evidência, Najla.

A garota executou:

$$x(x - 18) + 81 = 0$$

— Agora tem de passar o 81 para o outro lado — tornou Kamal, enquanto Najla escrevia:

$$x(x - 18) = -81$$

— O produto passou a valer –81 — comentou Ahmed.

— Nesse caso não é como o zero. Há muitas possibilidades para um produto igual a –81 — disse Najla, pensativa.

Ahmed completou:

— Pode ser 9 • (–9) ou (–3) • 27 ou...

Kamal cortando:

— Dez vezes 8,1... vamos testar todos.

— Impossível! — retrucou a jovem. — São infinitas as possibilidades.

— Por que não experimenta o 9? — sugeriu Kamal. E passaram à experimentação:

$$x^2 - 18x + 81 = 0$$

— Trocando o x por 9 temos:

$$9^2 - 18 \cdot 9 + 81 = 81 - 162 + 81 = 0$$

— Deu certo! — aprovou Ahmed. — O 9 funciona, mas, se fosse um número como 6,7842, como é que se chegaria nele? Tentando?

Najla pensou no que o companheiro acabara de dizer e reconheceu:

— Ahmed tem razão. Nós precisamos descobrir uma maneira de resolver que não seja por tentativa.

— Engraçado... Vocês repararam numa coisa? — refletiu Kamal. — Olhem na equação o 18 e o 81. Um é o dobro de 9 e o outro é o quadrado de 9!

— É uma coincidência — contrapôs Ahmed. — E daí?

— Talvez seja mais que uma coincidência! Um é o quadrado e o outro é o dobro! — teimou Kamal.

A garota limitou-se a ouvir a discussão e, quando os dois amigos pararam de discutir, revelou:

— Coincidência para quem fugiu da escola. Vejam...

$$x^2 - 18x + 81 = (x - 9)^2$$

— Trata-se de um produto notável — concluiu Najla.

— Como é que é? — estranhou Ahmed.

— Um produto notável... Você não sabe o que é? — perguntou a amiga. — Veja que $(x - 9)^2$ é igual ao quadrado do primeiro, x^2, menos duas vezes o primeiro pelo segundo, $-2 \cdot x \cdot 9 = -18x$, mais o quadrado do segundo, $9^2 = 81$...

— Que é a expressão $x^2 - 18x + 81$ — ajudou Kamal.

O amigo mantinha-se pasmado, Kamal então propôs:

— Multiplique $(x - 9)$ por $(x - 9)$ e encontrará $x^2 - 18x + 81$. É de fato um produto notável, como bem falou Najla.

— Pelas barbas do profeta! Por isso aparecem o dobro e o quadrado de 9! Mas para que serve isso? — indagou Ahmed.

— Não sei, mas podemos trocar $x^2 - 18x + 81$ por $(x - 9)^2$ — respondeu Kamal.

A jovem levantou, então, os braços e comandou:

— Ei, esperem aí! Agora ficou fácil! No lugar de $x^2 - 18x + 81 = 0$, colocamos $(x - 9)^2 = 0$.

— Produto nulo como no primeiro exercício — constatou Kamal.

— É verdade — Ahmed concordou finalmente. — Por isso $x - 9$ deve ser zero e assim $x = 9$.

— Por Alá, vamos correr! — falou Kamal, já de partida.

Na praça ficaram sabendo que o príncipe Tarik havia resolvido o problema e passara para o terceiro, enquanto o príncipe Khalil ainda tentava encontrar a solução do segundo. Antes que deixassem a praça, no entanto, ele apresentou a solução correta, empatando a disputa.

Alguns produtos de expressões algébricas são utilizados com frequência na resolução de problemas algébricos; por esse motivo, são chamados de produtos notáveis. Vamos relembrar alguns:

$(a + b)^2 = (a + b) \cdot (a + b) = a^2 + 2ab + b^2;$

$(a - b)^2 = (a - b) \cdot (a - b) = a^2 - 2ab + b^2;$

$(a + b) \cdot (a - b) = a^2 - b^2.$

De volta ao quarto, colocaram a terceira questão no pergaminho e ficaram algum tempo observando:

$$x^2 - 6x + 5 = 0$$

Kamal foi o primeiro a falar:

— Vamos fazer como no anterior, onde 81 era o quadrado e 18, o dobro de 9.

— Só que 5 não é quadrado — observou Ahmed, de olho na equação.

— Cinco é quadrado de $\sqrt{5}$ — opinou Najla. De acordo, tentaram então a substituição:

$$x^2 - 6x + (\sqrt{5})^2$$

— Temos o quadrado do primeiro, x^2, e o quadrado do segundo $(\sqrt{5})^2$. Falta duas vezes o primeiro pelo segundo — chamou a atenção Ahmed.

Kamal calculava e falava:

— Seria $2 \cdot x \cdot \sqrt{5}$.

— Mas o que há na equação é $6x$ e não $2\sqrt{5}\,x$ — opôs o colega.

Estavam ainda em dúvida sobre a forma como prosseguir quando ouviram um alvoroço. A primeira ideia foi a de que alguém houvesse resolvido a terceira questão. Assim que puseram os pés na rua, entretanto, perceberam que a coisa era mais grave. Várias pessoas discutiam em voz alta até que foi possível distinguir uma frase:

— Fraude! Um dos guardas passou a solução do segundo problema!

— Foi assim que ele conseguiu resolver! — disse outro popular.

Os partidários de um e outro se engalfinhavam na rua, enquanto um novo esquema de segurança era armado nas vistas do emir.

— Aqui só arranjaremos confusão. É melhor voltarmos — propôs Kamal.

— Você tem razão — concordou Najla. — Vamos tentar resolver o terceiro problema.

4

o grande
vencedor

Serenados os ânimos, os três amigos voltaram ao trabalho. E, de imediato, Najla propôs:

— Vamos com método. No segundo problema, o 81 era o quadrado de 9 e o 18 era o dobro de 9.

— Mas no terceiro problema não funcionou! — interveio Ahmed.

— Funcionou o quadrado de $\sqrt{5}$, mas não o dobro de $\sqrt{5}$ — replicou Najla.

— Já sei aonde você quer chegar — falou Kamal. — Vamos começar com o dobro.

— Certo! — aprovou Najla. — Vamos fazer como no outro, onde 6 é o dobro de 3.

— Deixa ver a equação — pediu Ahmed, afastando os companheiros.

$$x^2 - 6x + 5 = 0$$

E, após uma rápida observação, concluiu:

— Se fosse 9 no lugar de 5, daria certo.

Kamal concordou:

— Está certo! Ficaria... $x^2 - 2 \cdot x \cdot 3 + 3^2$, que é o mesmo que $(x - 3)^2$.

Os progressos, no entanto, não pareciam animadores, até que a jovem, batendo a mão contra a própria cabeça, desabafou:

— Como é que não pensamos nisso?! É 5 e não 9, mas... mas...

— Mas o quê? — inquiriu Ahmed.

— Adicionando 4 ao 5 fica 9! E com 9 nós sabemos resolver — respondeu Najla.

— Aí é outra equação — afirmou Kamal.

A jovem não se importou e seguiu nas explicações:

— Mas somamos 4 do outro lado também. Somamos 4 dos dois lados.

Os companheiros sabiam que ela tinha razão e observaram o desenvolvimento:

$$x^2 - 6x + 5 = 0$$

— Colocando 4 nos dois lados, teremos:

$$x^2 - 6x + 5 + 4 = 4$$
$$x^2 - 6x + 9 = 4$$

— O 6 é $2 \cdot 3$ e o 9 é 3^2... Portanto, a equação ficará:

$$x^2 - 2 \cdot x \cdot 3 + 3^2 = 4$$

— No primeiro membro temos o quadrado de $x - 3$. A equação fica então $(x - 3)^2 = 4$.

Ahmed vibrou com a descoberta da amiga:

— É claro! $(x - 3)$ pode valer +2 ou então –2, porque elevado ao quadrado dá 4.

E escreveu:

$$x - 3 = \pm 2$$

Então foi a vez de Kamal:

— Eu passo o –3 para o outro lado: $x = 3 \pm 2$.

— Exato. Temos dois valores para x — observou Ahmed.

$$3 + 2 = 5 \quad ou \quad 3 - 2 = 1$$

— Esperem que eu vou testar — pediu a amiga.

$$x^2 - 6x + 5$$

— Trocando o x por 5, teremos:

$$5^2 - 6 \cdot 5 + 5 = 25 - 30 + 5 = 0$$

— Por mil camelos, deu certo! — vibrou Kamal. — Deixem-me experimentar com o outro valor.

$$x^2 - 6x + 5$$

— Trocando o x por 1, teremos:

$$1^2 - 6 \cdot 1 + 5 = 1 - 6 + 5 = 0$$

O 4 possui duas raízes quadradas:

$+\sqrt{4} = +2$ *e*

$-\sqrt{4} = -2.$

+2 e –2 são os dois valores cujos quadrados valem 4.

— Também deu certo! Confirmou! O 5 e o 1 servem.

Saíram então para a rua, tomando o rumo da praça. Nenhum dos candidatos havia chegado à solução. E, aparentemente, a maioria torcia pelo segundo príncipe.

Após alguns instantes, o príncipe Tarik apresentou sua conclusão como sendo os números 1 e 5. Imediatamente, recebeu os aplausos da multidão, partindo para o último problema, enquanto o príncipe Khalil, agora sem a ajuda de seus comparsas, apresentava dificuldades evidentes para solucionar as questões.

Mas a disputa permanecia indefinida, tornando qualquer resultado possível. Tanto poderia vencer o príncipe interesseiro como aquele que ousara desafiá-lo. Pensando nisso, os companheiros correram de volta aos seus alojamentos a fim de procurar uma resposta para o último problema.

— Eu não estou muito seguro sobre a solução do problema anterior — queixou-se Kamal.

— Vamos, antes, atacar a última questão — decidiu Najla. — Depois voltaremos à resolução anterior.

E escreveu:

$$3x^2 - 30x + 27 = 0$$

Assim que a jovem colocou a equação no pergaminho, Ahmed percebeu:

— O 30 é o dobro de 15... Então precisamos de 225, que é o quadrado.

— Calma — pediu a garota. — Este caso é diferente. Não é x^2 e sim $3x^2$.

Após algumas trocas de ideias, concluíram que poderiam dividir tudo por 3. E assim procederam:

$$3x^2 - 30x + 27 = 0$$

Dividiram os dois lados por 3:

$$\frac{3x^2 - 30x + 27}{3} = \frac{0}{3}$$

Em seguida distribuíram o 3:

$$\frac{3x^2}{3} - \frac{30x}{3} + \frac{27}{3} = \frac{0}{3}$$

E então simplificaram:

$$x^2 - 10x + 9 = 0$$

E colocaram $10 = 2 \cdot 5$; isto é, $10x = 2 \cdot x \cdot 5$:

$$x^2 - 2 \cdot x \cdot 5 + 9 = 0$$

Ahmed antecipou-se à operação seguinte: tinham o dobro de 5 e precisavam do 25, que era o quadrado de 5.

— Basta adicionar 16 dos dois lados — concluiu Kamal. E Najla escreveu a nova equação:

$$x^2 - 2 \cdot x \cdot 5 + 9 + 16 = 16$$

— E simplificou:

$$x^2 - 10x + 25 = 16$$

— Fantástico! Conseguimos o dobro e o quadrado de 5.

$$x^2 - 2 \cdot x \cdot 5 + 5^2 = 16$$

— Temos então o quadrado procurado:

$$(x - 5)^2 = 16$$

— Ele nos dá as soluções:

$$x - 5 = \pm\sqrt{16}$$

As soluções de equações também se chamam raízes.

— De onde obtemos:

$$x - 5 = \pm 4$$

— Passando o –5 para o outro lado:

$$x = 5 \pm 4$$

— Temos, portanto, duas soluções: $x = 9$ e $x = 1$ — concluiu a garota.

Kamal pediu para testar e assim começou a escrever:

$$3x^2 - 30x + 27$$

— Substituindo o x por 9, temos:

$$3 \cdot 9^2 - 30 \cdot 9 + 27 =$$
$$3 \cdot 81 - 30 \cdot 9 + 27 =$$
$$243 - 270 + 27 =$$
$$270 - 270 = 0$$

— Deu certo! Viva! — apoiou Ahmed. Kamal passou à substituição pelo segundo valor:

$$3x^2 - 30x + 27$$

— Substituindo o x por 1, temos:

$$3 \cdot 1^2 - 30 \cdot 1 + 27$$
$$3 - 30 + 27 =$$
$$30 - 30 = 0$$

— Bateu de novo! — disse Ahmed, entusiasmado.

— Então vamos até a praça, para ver como vai a disputa — chamou Najla.

Ao chegarem lá, encontraram a confusão armada. O que houve, o que não houve, diziam que o príncipe Khalil havia abandonado a disputa, sendo batido por 3 a 2. O príncipe Tarik nem sequer chegara ao final do quarto e último problema e o povo já fazia festa. O importante era que o pretendente da princesa estava escolhido e provara, sem dúvida, ser o mais capaz.

— Que as pulgas de mil camelos infestem seus sovacos... — praguejavam contra Khalil.

Os três jovens respiraram aliviados com o resultado. Perdendo a mão da princesa, Khalil não poderia mais se livrar do emir sem deixar suspeitas. E estava claro agora, para os jovens, que o emir acreditara neles.

5
Um convite inesperado

Sentindo-se já afeiçoados ao lugar, os três jovens decidiram se estabelecer na cidade. Obtiveram algum crédito por causa das ligações com o emir e abriram uma loja de tecidos. Ao mesmo tempo, muitas pessoas ficaram sabendo que os três jovens haviam conseguido resolver todas as questões propostas, de maneira que, de vez em quando, aparecia alguém com um problema matemático para eles encontrarem a solução.

Najla, Kamal e Ahmed haviam atingido um ponto em que resolviam com facilidade qualquer equação com x^2, pouco importando os números que aparecessem. O único problema que continuava resistindo a todas as investidas era o das cabras. Apesar disso, Najla colocou um cartaz na porta da loja, anunciando o serviço:

RESOLVEMOS EQUAÇÕES DO TIPO:
$ax^2 + bx + c = 0$

— Najla, mas que cartaz mais maluco. E que negócio é esse de a, b e c? — estranhou Ahmed.

— Ora, são três números quaisquer!

— Mas as equações que temos visto são como a última, $3x^2 - 30x + 27 = 0$, e tantas outras... — lembrou Kamal.

— É, mas se colocarmos na placa essa equação pensarão que só podemos resolver esse tipo — respondeu Najla. E continuou: — Não importam os números, resolvemos qualquer equação. Veja $3x^2 - 30x + 27 = 0$ e compare com a da placa, $ax^2 + bx + c = 0$. O a vale 3, b é -30 e c é 27.

— E para que isso?

— Ora, Ahmed... a, b e c são números quaisquer! — insistiu a jovem.

A discussão prosseguiria se Kamal não sugerisse:

— Já que a, b e c são números, por que então não resolvemos a equação da placa? Vamos seguir os quatro passos que fizemos com $3x^2 - 30x + 27$. Dividimos por 3, ficando:

Equação de 2º grau é toda equação do tipo: $ax^2 + bx + c = 0$, com a, b e c reais e $a \neq 0$. Equação de 1º grau é toda equação do tipo: $ax + b = 0$, com a e b reais e $a \neq 0$.

Uma equação de 2º grau é incompleta se é do tipo: $ax^2 + bx = 0$, ou $ax^2 + c = 0$, ou $ax^2 = 0$. Ou seja, se nela falta algum termo. Só não pode faltar o ax^2, pois sem esse termo não seria uma equação de 2º grau.

$$x^2 - 10x + 9 = 0$$

— Fizemos $10 = 2 \cdot 5$, ficando:

$$x^2 - 2 \cdot x \cdot 5 + 9 = 0$$

— Somamos 16 aos dois lados para obter o quadrado de 5:

$$x^2 - 2 \cdot x \cdot 5 + 25 = 16$$

— Escrevemos o quadrado:

$$(x - 5)^2 = 16$$

E o próprio Kamal anotou:

$$ax^2 + bx + c = 0$$

— Agora vamos dividir por a:

$$\frac{ax^2 + bx + c}{a} = \frac{0}{a}$$

— Isso só pode ser feito se a for diferente de zero — disse Ahmed.

— Claro! Agora distribua — apressou Najla.

Kamal escreveu:

$$\frac{ax^2}{a} + \frac{bx}{a} + \frac{c}{a} = \frac{0}{a}$$

E simplificou:

$$x^2 + \frac{b}{a} \cdot x + \frac{c}{a} = 0$$

— Já temos o x^2, quadrado do primeiro. Para completar o quadrado, precisamos de duas vezes o primeiro pelo segundo — disse o jovem.

E, assim dizendo, escreveu a igualdade:

$$\frac{b}{a} \cdot x = 2 \cdot x \cdot \frac{b}{2a}$$

— Isso mostra que $\frac{b}{2a}$ é o segundo — interveio Najla.

Ahmed sacudiu a cabeça e completou:

— Não entendi nada!

— Não entendeu o quê? — indagou Kamal. — Nós queremos construir um quadrado como $(x + m)^2$. São quatro passos.

Como o amigo abrisse um intervalo, a garota continuou:

— O primeiro é deixar x^2 sem o a.

— Isso nós já temos — percebeu Ahmed.

E a jovem prosseguiu:

— O segundo é obter duas vezes x vezes m, duas vezes o primeiro pelo segundo...

— Nós temos $\dfrac{bx}{a}$ — tornou o jovem.

— Que precisa ser duas vezes o primeiro pelo segundo — prosseguiu a garota.

— Mas não é — corrigiu Ahmed.

E Kamal sugeriu:

— Veja, Ahmed, nós podemos fabricar! Multiplicando e dividindo por 2...

$$\frac{bx}{a} = 2 \cdot x \cdot \frac{b}{2a}$$

— Multiplicar e dividir por 2 não muda nada — teimou Ahmed. — É só outra forma de escrever.

Kamal prosseguiu na sua argumentação:

— Não muda, mas aparece o 2, o x e $\dfrac{b}{2a}$. Como x é o primeiro, $\dfrac{b}{2a}$ será o segundo. E a equação ficará então:

$$x^2 + 2 \cdot x \cdot \frac{b}{2a} + \frac{c}{a} = 0$$

— Falta o quadrado do segundo — observou Najla.

O amigo adicionou então $\left(\dfrac{b}{2a}\right)^2$ aos dois membros, deixando a equação assim:

$$x^2 + 2 \cdot x \cdot \frac{b}{2a} + \left(\frac{b}{2a}\right)^2 + \frac{c}{a} = \left(\frac{b}{2a}\right)^2$$

— Pronto! Completamos o quadrado! — sorriu Kamal, com ar vencedor.

— Até agora vocês não fizeram nada! — exclamou Ahmed. — Multiplicaram e dividiram por 2 e eu posso simplificar cortando o 2. Somaram $\left(\dfrac{b}{2a}\right)^2$ aos dois lados, e eu posso cortar também.

— E pode mesmo — concordou Najla. — Só que nós não queremos simplificar. Queremos é construir um quadrado.

— Que já está feito — disse Kamal. — Temos o quadrado do primeiro, duas vezes o primeiro pelo segundo e o quadrado do segundo.

— Se pode complicar, para que simplificar? — lamentou Ahmed.

— Vamos escrever o resto — pediu a garota, já impaciente.

Kamal prosseguiu o cálculo:

$$\left(x + \frac{b}{2a}\right)^2 + \frac{c}{a} = \left(\frac{b}{2a}\right)^2$$

— Muito complicado! — reclamou Ahmed.

— Nem tanto — interveio Najla. — Vamos passar o $\frac{c}{a}$ para o outro lado e simplificar:

$$\left(x + \frac{b}{2a}\right)^2 = \left(\frac{b}{2a}\right)^2 - \frac{c}{a} = \frac{b^2}{4a^2} - \frac{c}{a}$$

— Portanto $\left(x + \dfrac{b}{2a}\right)^2 = \dfrac{b^2 - 4ac}{4a^2}$

— Agora é extrair a raiz quadrada.

$$x + \frac{b}{2a} = \pm \sqrt{\frac{b^2 - 4ac}{4a^2}} = \pm \frac{\sqrt{b^2 - 4ac}}{\sqrt{4a^2}} = \pm \frac{\sqrt{b^2 - 4ac}}{2a}$$

Depois de um breve silêncio, Najla observou:

— O problema é a raiz quadrada de $b^2 - 4ac$, que pode existir ou não.

— Vamos terminar para ver — tornou Kamal. E escreveu:

$$x + \frac{b}{2a} = \pm \frac{\sqrt{b^2 - 4ac}}{2a}$$

— Passando $\frac{b}{2a}$ para o outro lado, temos:

$$x = -\frac{b}{2a} \pm \frac{\sqrt{b^2 - 4ac}}{2a}$$

— Como o denominador é comum, podemos juntar:

$$x = \frac{-b \pm \sqrt{b^2 - 4ac}}{2a}$$

Um silêncio se abateu sobre os jovens, que ficaram imóveis admirando a fórmula. Depois olharam-se, emocionados.

— Não há dúvida de que isolamos o x — balbuciou Ahmed.

Ao que Najla acrescentou:

— O interessante é que fizemos todo o processo com as letras a, b e c como se elas fossem números. Ou seja: as letras representam números e por isso funcionaram como tal.

Mal a garota terminou de falar, viram surgir na porta de sua loja um visitante ilustre: o príncipe Tarik. Sorridente, ele se dirigiu aos jovens dizendo:

— Já sei de tudo! Ibn-Sinan me falou do papel decisivo que vocês tiveram para estragar o plano demoníaco do príncipe Khalil. Como forma de gratidão, estou

A equação de 2º grau $ax^2 + bx + c = 0$ é resolvida com a fórmula:

$$x = \frac{-b \pm \sqrt{b^2 - 4ac}}{2a}$$

com $a \neq 0$ e $b^2 - 4ac \geq 0$. $b^2 - 4ac$ é chamado de discriminante da equação e é representado pela letra grega $\triangle$. Portanto:

$$x = \frac{-b \pm \sqrt{\triangle}}{2a}$$

aqui para convidá-los, em meu nome, em nome da princesa e do emir, para a cerimônia de meu casamento.

Emocionados, os três mal conseguiram balbuciar um agradecimento. Foi Kamal quem primeiro venceu a surpresa pelo convite inesperado:

— Será uma grande honra para nós, príncipe! Estamos muito felizes de que tudo tenha dado certo. A bem da verdade, nós é que tínhamos uma dívida para com o emir. Fomos salvos em pleno deserto por uma caravana dele.

— Então espero vê-los daqui a três semanas na mesquita — despediu-se Tarik.

Assim que ele saiu, os jovens respiraram profundamente não acreditando ainda no convite.

— Mal posso esperar! — vibrou Ahmed.

— Oh, a cerimônia deve ser linda! — suspirou Najla, já preocupada com a roupa que deveria usar para um acontecimento tão importante.

E passaram a conversar animadamente sobre o casamento, imaginando o que iriam ter o privilégio de presenciar.

6

Cabra na cabeça

Com o passar dos dias, os preparativos da cidade para as núpcias de Núria e Tarik se intensificavam, alegrando ainda mais o colorido movimento das ruas.

Caravanas de reinos distantes cruzavam a todo momento os portões do palácio, trazendo convidados para o casamento. Enviados luxuosamente vestidos se faziam anunciar para entregar ricos presentes feitos sob encomenda pelos mais renomados artesãos. Na cozinha, o vaivém era constante. Mil aromas se misturavam, criando um perfume exótico e tentador. Sem dúvida, aquela seria uma festa que o reino jamais esqueceria.

Contagiados por toda essa agitação, Najla, Kamal e Ahmed também se preparavam animados, até que, numa tarde, às vésperas da cerimônia de casamento, receberam a visita de um comerciante, que apresentou a seguinte equação:

$$2x^2 - 9x + 9 = 0$$

Kamal tratou logo de resolver, procurando completar o quadrado. Najla pediu-lhe um tempo:

— Nós estamos sempre repetindo o mesmo processo. Acaba se tornando trabalhoso demais. Já fizemos com a, b e c a transformação que completa o quadrado. Agora é só substituir pelos números. Então vamos ter:

$$ax^2 + bx + c = 0$$
$$2x^2 - 9x + 9 = 0$$

— O a vale 2, o b vale –9 e o c vale 9 — observou Ahmed. Najla concordou com a cabeça e prosseguiu:

— Já vimos que $x = \dfrac{-b \pm \sqrt{b^2 - 4ac}}{2a}$

— Trocando as letras pelos valores, teremos a igualdade:

$$x = \frac{-(-9) \pm \sqrt{(-9)^2 - 4 \cdot 2 \cdot 9}}{2 \cdot 2}$$

— E simplificando:

$$x = \frac{9 \pm \sqrt{81 - 72}}{4} = \frac{9 \pm \sqrt{9}}{4} = \frac{9 \pm 3}{4}$$

— Assim chegamos aos dois números — observou Kamal.

$$\frac{9 + 3}{4} = \frac{12}{4} = 3 \quad e \quad \frac{9 - 3}{4} = \frac{6}{4} = \frac{3}{2}$$

E ele mesmo se propôs a testar na equação os valores obtidos:

$$2x^2 - 9x + 9$$

— Trocando o x por 3, temos:

$$2 \cdot 3^2 - 9 \cdot 3 + 9 =$$
$$18 - 27 + 9 = 0$$

— Com o 3 bateu. Vamos testar com o $\dfrac{3}{2}$:

$$2x^2 - 9x + 9$$

— Trocando-se por $\frac{3}{2}$:

$$2 \cdot \left(\frac{3}{2}\right)^2 - 9 \cdot \frac{3}{2} + 9 = 2 \cdot \frac{9}{4} - \frac{27}{2} + 9 =$$

$$\frac{18 - 54 + 36}{4} = \frac{54 - 54}{4} = \frac{0}{4} = 0$$

— Incrível! Também deu certo! — vibrou Ahmed.

O comerciante pagou pelo trabalho e retirou-se.

Quando o entusiasmo decresceu, Najla revelou:

— O que acontece é que, a partir de agora, não precisamos mais resolver equação por equação. Nós possuímos uma fórmula.

De fato, a partir das diversas experiências, o grupo havia chegado a uma fórmula que possibilitaria a resolução de uma equação, quaisquer que fossem os números. E com uma rapidez que não podiam nem sequer imaginar no início. Rapidez e segurança.

Foi quando um criador de cabras surgiu com um problema:

— Preciso construir um cercado retangular com 70 metros quadrados de área, encostado em um morro. Para tanto disponho de 24 metros de trançado de fibra de palmeira. Quais devem ser as dimensões do cercado?

Os três amigos trataram de solucionar a questão no mesmo instante.

— Bom — começou Kamal. — Vamos definir as informações que temos:

a) cercado encostado no muro;

b) cada lateral medirá x;

c) a frente com $24 - 2x$, pois são 24 metros de trançado menos duas laterais com x menos cada uma;

d) a área vale $(24 - 2x)x$, base vezes altura, que, pelo problema, deve ser de 70 metros quadrados.

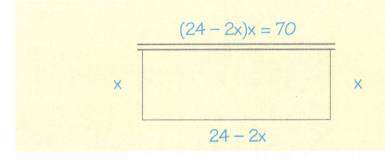

— Pronto! É só resolver! — continuou Kamal. — Distribuindo o x, teremos:

$$24x - 2x^2 = 70$$

— Passando o 70 para o primeiro lado:

$$24x - 2x^2 - 70 = 0$$

— Comparando com $ax^2 + bx + c = 0$, temos $a = -2$, $b = 24$ e $c = -70$.
— Agora, é substituir na fórmula:

$$x = \frac{-b \pm \sqrt{b^2 - 4ac}}{2a}$$

Substituíram e encontraram:

$$x = \frac{-24 \pm \sqrt{24^2 - 4(-2)(-70)}}{2 \cdot (-2)} = \frac{-24 \pm \sqrt{576 - 560}}{-4}$$

$$x = \frac{-24 \pm \sqrt{16}}{-4} = \frac{-24 \pm 4}{-4}$$

E chegaram, enfim, a dois valores para x:

$$x_1 = \frac{-24+4}{-4} = \frac{-20}{-4} \longrightarrow x = 5$$

$$x_2 = \frac{-24-4}{-4} = \frac{-28}{-4} \longrightarrow x = 7$$

— Para $x = 5$, nas laterais, a frente fica com $24 - 2 \cdot 5 = 24 - 10 = 14$ — disse Najla.

Na resolução de equações de 2º grau, se $\Delta > 0$, encontramos duas raízes reais diferentes.

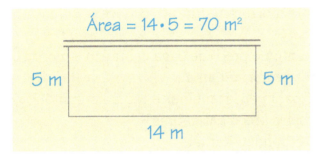

— E, para $x = 7$, temos $24 - 2 \cdot 7$, que dá $24 - 14 = 10$ — concluiu Ahmed.

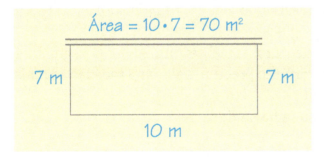

Muito satisfeito pela resolução do problema, o homem pagou-lhes com duas cabras, dizendo que usaria a primeira solução de $14 \cdot 5$.

Assim que ele saiu, os três se entreolharam. Sabiam que estavam pensando a mesma coisa.

— Ele terá de aumentar o preço das cabras para cobrir o prejuízo destas duas que acaba de nos dar! — exclamaram.

E o velho problema, que estava para ser resolvido desde a viagem pelo deserto com a caravana do emir, voltou à tona.

— Agora que já estamos craques, a gente poderia aproveitar para resolver de uma vez por todas o problema das cabras do beduíno.

Kamal se recordava mais ou menos de como era o enunciado do problema. Ahmed refrescou-lhe a memória:

— O beduíno ia vender o lote de x cabras por 180 moedas. Portanto o preço de cada cabra seria $\frac{180}{x}$ moedas.

E Najla prosseguiu:

— Como duas cabras morreram durante a viagem, sobraram x – 2 cabras.

— E o beduíno aumentou o preço de cada cabra em 3 moedas, para não ter prejuízo — lembrou Kamal.

Pararam um pouco para pensar melhor e Najla perguntou:

— Qual seria o primeiro preço das cabras?

— $\frac{180}{x}$ moedas — respondeu Kamal.

— E o novo preço?

— $\frac{180}{x-2}$ — rebateu o companheiro.

Continuando, ela questionou:

— Esses preços são iguais?

— Não! — respondeu prontamente Ahmed. — O segundo é mais caro 3 moedas. Portanto precisaria somar 3 moedas ao mais barato para ficar igual.

Falou e escreveu o que havia dito:

$$\frac{180}{x-2} = \frac{180}{x} + 3$$

— Pois é... A questão, agora, é encontrar a solução. Desconfio que ainda podemos fazer algo, sem alterar a equação — considerou Kamal. E desenvolveu:

$$\frac{180}{x-2} = \frac{180 + 3x}{x}$$

A seguir, multiplicaram cruzado:

$$180 \cdot x = (180 + 3x) \cdot (x - 2)$$

E distribuíram:

$$180x = 180x - 360 + 3x^2 - 6x$$

O que, simplificando, resultou:

$$3x^2 - 6x - 360 = 0$$

— Viram como ficou fácil? — comentou Kamal. — E ainda podemos simplificar mais, dividindo tudo por 3:

$$x^2 - 2x - 120 = 0$$

Comparando com $ax^2 + bx + c = 0$, obtiveram os valores $a = 1$, $b = -2$ e $c = -120$, que substituíram na fórmula:

$$x = \frac{2 \pm \sqrt{(-2)^2 - 4 \cdot 1 \cdot (-120)}}{2 \cdot 1}$$

$$x = \frac{2 \pm \sqrt{4 + 480}}{2} = \frac{2 \pm \sqrt{484}}{2}$$

— Quanto é a raiz quadrada de 484? — perguntou Ahmed.
— É 22 — respondeu Najla prontamente.
— Por mil camelos! — exclamou o amigo, assombrado. — Você está mais afiada do que o gume de uma cimitarra. Mas vamos conferir:

$$
\begin{array}{r}
22 \\
\times 22 \\
\hline
44 \\
44 \\
\hline
484
\end{array}
$$

— Está certo — confirmou Kamal.

— Com isso — continuou Najla — x fica igual a:

$$x = \frac{2 \pm 22}{2} = \frac{2}{2} \pm \frac{22}{2} = 1 \pm 11$$

— E obtemos então dois valores: $x_1 = 12$ e $x_2 = -10$ — concluiu a jovem.

— O número -10 não serve ao problema, o número de cabras tem de ser positivo. Com isso chegamos às 12 cabras! — exclamou Ahmed.

— O 12 que eu havia encontrado por tentativas — lembrou Kamal.

Os companheiros concordaram, felizes por terem chegado à solução do problema.

7 Por essa ninguém esperava

Chegou enfim o tão esperado dia. A cidade estava em festa e o povo comemorava nas ruas o acontecimento.

Na mesquita, os convidados, entre eles Najla, Ahmed e Kamal, ouviam em respeitoso silêncio as palavras do *sheik*, celebrando a união entre a princesa Núria e o príncipe Tarik. Quando a cerimônia estava prestes a ser encerrada, os presentes ouviram passos apressados irrompendo mesquita adentro. Imediatamente, todos voltaram seus olhares para o homem que ousava interromper momento tão solene:

— Parem! Parem a gravação! — gritou ele, ofegante.

— Que história é essa de parar a gravação? — protestou o emir.

Um burburinho percorreu a mesquita e logo dezenas de vozes também começaram a protestar contra a interrupção.

— Calma, pessoal, afinal, eu sou ou não sou o produtor deste filme? — replicou o intruso.

— Bem... Por que devemos parar? — interrogou Jorge, ou melhor, Kamal.

Isabela, a jovem que interpretava Najla, só faltava pular no pescoço do produtor, mas teve de ouvir a explicação:

— É que acabei de falar com o assessor de História da Matemática e ele me disse que o roteiro deste filme está cheio de furos!

— Como assim?

— Por exemplo, o processo de descoberta da fórmula. Além

disso, naquela época, os muçulmanos consideravam apenas a raiz positiva. E também eles não empregavam o quilo como unidade de medida. E mais...

— Fala de uma vez! — interveio Miguel, o intérprete de Ahmed. — Já estragou a história mesmo!

Entre olhares que fuzilavam de todos os lados, o produtor continuou:

— Os muçulmanos resolviam equações apenas com palavras. O uso de fórmulas com letras surgiria somente na época do Renascimento, na Itália e em outros lugares. Podemos dizer que o matemático francês Viète concluiu a construção da fórmula para equações de 2º grau.

— E agora? — quis saber, desolado, Jorge. — Tanto trabalho para nada...

— Tenho uma ideia...

— Fala, Najla, quer dizer, Isabela! — incentivou Miguel.

— Já que o descobrimento da fórmula se deu no Renascimento, que tal se mudássemos a história para essa época? — sugeriu a jovem, animada.

— Apoiado — concordou Miguel. — Já imaginaram? Uma batalha épica nos arredores de Paris?

Entusiasmado, Jorge acrescentou:

— Em vez de tendas no deserto, teremos castelos enormes, cavaleiros de armaduras, damas da corte...

Mais vozes juntaram-se às dos três jovens, e logo a imaginação corria solta. O mundo árabe, com suas caravanas percorrendo os desertos sem fim, os comerciantes de tecidos, as adagas afiadas, já era um passado remoto. Mais uma aventura estava prestes a ser iniciada...

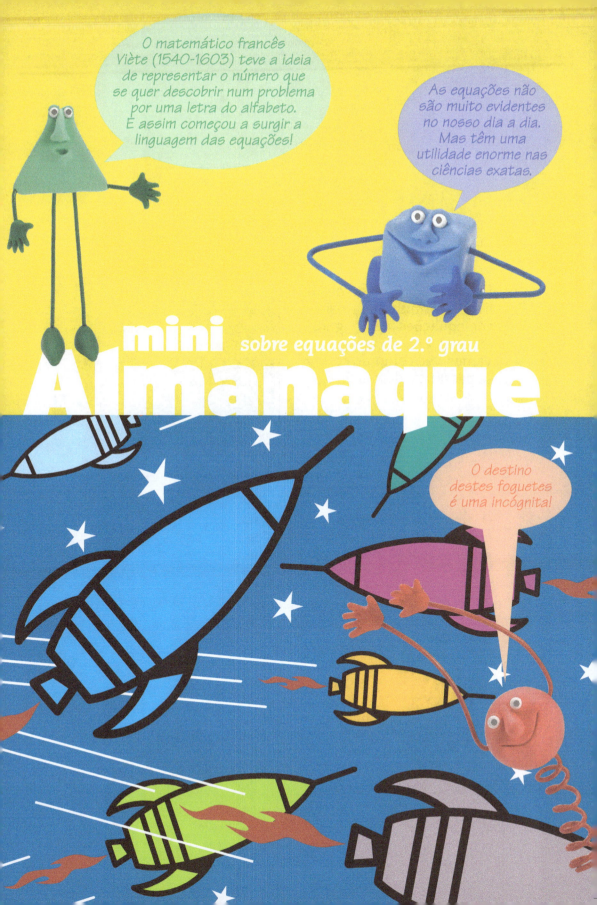

História

A origem do conhecimento matemático

Formulando equações

Você acabou de ver neste livro a <u>fórmula</u> para resolver **equações de 2º grau:** $ax^2 + bx + c = 0$.
Vamos ver como as coisas se passaram depois disso.

Fórmula para resolução da equação de 2º grau

Uma <u>fórmula</u> é a representação de um cálculo numérico que pode solucionar todos os casos semelhantes.

O matemático italiano Tartaglia (c. 1500-1557) foi um dos primeiros a resolver as **equações de 3º grau**. Assim, as equações do tipo $2x^3 - 5x^2 + 4x + 3 = 0$ também são resolvidas com uma fórmula, mediante uma redução ao tipo $x^3 + px = q$.

Depois, outro matemático italiano, Ferrari (1522-1565), descobriu a fórmula para as **equações de 4.º grau**.

Tartaglia

Tartaglia quase foi passado para trás. O matemático Cardano (1501-1576) publicou um livro com as fórmulas para resolver as equações de 3º e 4º graus. Mas ele não descobriu essas fórmulas: o próprio Tartaglia lhe forneceu a de 3º grau, e a de 4º grau foi resolvida por Ferrari sob encomenda de Cardano. Tartaglia ficou furioso com Cardano, pois ele mesmo pretendia revelar sua descoberta! Claro!

A corrida das equações

A partir daí, os matemáticos saíram correndo atrás de uma fórmula para resolver as **equações de 5º grau**. E ficaram correndo, em vão, por algumas centenas de anos!

Até que o matemático Abel (1802–1829) deu o assunto por encerrado: a resolução dessas equações, por meio de uma fórmula, não era possível. Ou seja, só existem fórmulas gerais para equações polinomiais até o 4º grau. Para resolver equações de grau maior que 4, devemos usar outros métodos, como gráficos, cálculos aproximativos, computação. Fórmula, não existe...

Abel fez sua notável descoberta com apenas 19 anos! Grande matemático!

$x^5 - 4x^4 + 3x^3 = 0$

$x^6 - 5x^3 + 6 = 0$

?

$\dfrac{x^9 - 9x^8 + 14x^7}{x^7} = 0$

Curiosidades
Informações curiosas e divertidas

Por que as equações de 2º grau são tão famosas, se as de 3º e 4º graus também podem ser resolvidas por fórmulas?

Podem mesmo, é verdade, mas só são ensinadas em faculdades de Matemática. Agora, a equação de 2º grau é um caso muito especial e talvez a sua fama esteja vinculada a diversas descobertas da Matemática e da Física. Quer ver alguns exemplos?

RAIZ

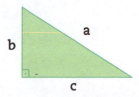

Você se lembra do **Teorema de Pitágoras**? Bem, em algumas de suas aplicações, é preciso usar a equação de 2º grau por causa dos termos ao quadrado que aparecem na fórmula:

$$a^2 = b^2 + c^2$$

Na Física, Galileu descobriu a lei da queda dos corpos, que também usa a equação de 2º grau. Antes disso, acreditava-se que os objetos mais pesados caíam mais depressa que os leves. Galileu mostrou que isso não é verdade. Veja a **fórmula de Galileu**:

$$y = 4{,}9 \cdot x^2$$

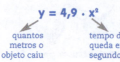

quantos metros o objeto caiu — tempo da queda em segundos

Em Matemática, a palavra raiz tem dois significados: **solução de equação** e **resultado de radiciação**. Por exemplo: a raiz da equação $x^2 - 5 = 0$ é a raiz quadrada de 5. Essa palavra também tem outros sentidos em português: raiz de árvore e de palavra, além de significar origem.

Dia a dia
Matemática na prática

Trajetória de um foguete

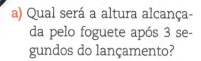

No nosso cotidiano, as oportunidades de usarmos uma equação de 2º grau são muito raras.

Mas então por que ela é tão popular? Porque é muito empregada em cálculos, nas ciências exatas. Vamos ver um exemplo.

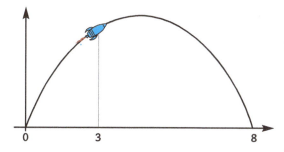

Um foguete é lançado e sua trajetória é dada pela equação **y = –x² + 8x**, em que **x** marca o tempo em segundos desde o lançamento e **y** é a altura do foguete em quilômetros.

a) Qual será a altura alcançada pelo foguete após 3 segundos do lançamento?

A equação dá a resposta. Se x representa o tempo em segundos, basta substituir x por 3 para saber a altura h.

$$y = -x^2 + 8x$$
$$h = -3^2 + 8 \cdot 3 = -9 + 24 = 15$$

Após 3 segundos o foguete estará a uma altura de 15 km.

b) Em que instante o foguete atingirá o solo?

Quando o foguete atingir o solo, a altura será zero, ou seja:

$$y = -x^2 + 8x = 0$$

Resolvendo a equação encontraremos x = 8. Logo, 8 segundos após o lançamento, o foguete atingirá o chão.

Jogos e desafios

Teste seus conhecimentos

1) Em uma folha de papel (cartolina ou papel-cartão são melhores), desenhe 12 segmentos iguais e com a mesma distância entre si, como mostra a figura abaixo. Depois, corte seguindo a linha pontilhada que passa pelas extremidades do primeiro e do último segmento.

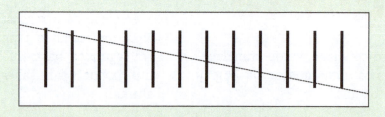

Por fim, deslize uma das metades do papel sobre a outra metade, até que as linhas coincidam outra vez. Conte quantas são as linhas. Sumiu uma!

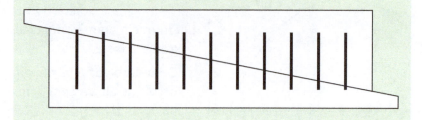

2) Quantos metros cúbicos de terra há em um buraco de 2 metros de comprimento, 1,5 metro de largura e 0,7 metro de altura?

3) As pessoas costumam se cumprimentar com apertos de mãos. Calcular o número de apertos de mãos é muito interessante!

Se são 2 pessoas, haverá 1 aperto de mãos,

se são 3 pessoas, haverá 3 apertos de mãos,

se são 4 pessoas, haverá 6 apertos de mãos.

Confira e verifique que: se são n pessoas, haverá $\frac{n(n-1)}{2}$ apertos de mãos.

Agora vamos inverter. Em uma festa houve 66 apertos de mãos. Quantas eram as pessoas?

Respostas:
1) De fato há uma linha a menos. Porém cada uma é um pedacinho maior. Portanto, somando todas, o comprimento total é o mesmo.
2) Num buraco não há terra!
3) $\frac{n(n-1)}{2} = 66 \rightarrow n(n-1) = 132 \rightarrow n^2 - n - 132 = 0 \rightarrow n = 12$